LUCIEN CHANTANS.

LA

TYROLIENNE A MORT

PRÉCÉDÉE DE

Bouton de Rose et Bouton d'Or. — Le Rendez-vous. —
Le Savoir-faire.

ROUEN,

IMPRIMERIE DE E. CAGNIARD,

Rue de l'Impératrice, 66, et rue des Basnage, 5.

1864.

LUCIEN CHANTANS

LA

TYROLIENNE A MORT

PRÉCÉDÉE DE

Bouton de Rose et Bouton d'Or. — Le Rendez-vous. —
Le Savoir-faire.

ROUEN,

IMPRIMERIE DE E. CAGNIARD,

Rue de l'Impératrice, 66, et rue des Basnage, 5.

1864.

BOUTON DE ROSE

ET

BOUTON D'OR.

TYROLIENNE.

Oui, mon étoile est heureuse,
Dit un mari vieux et laid ;
Ma femme est toujours joyeuse
Et moi toujours satisfait.
D'être jaloux ou morose
Point n'ai de sujet d'abord :
Épousant *bouton de rose,*
Pourrais-je être... *bouton d'or ?*

Et le grigou content
Allait partout, disant :
    Tra la la la la
    La i ta i ti
    Tra i ta i tou
    La i ta i ti
    Tra la la la la, etc.

Mais, un beau jour, la coquette
Cueillant des fleurs dans le bois,
De Jeannot fit la conquête...
L'amour leur dicta ses lois.
Las ! quelle métamorphose !
L'enfant, — quand du bois on sort,
Est comme un *bouton de rose*
Et l'époux est... *bouton d'or !*
    Et Jeannot le galant
    S'éloignait en chantant :
    Tra la la la la, etc.

Or, après quelques semaines,
L'époux de Rosette vit
Qu'elle avait rompu les chaînes
Qu'en s'unissant elle prit.
Pauvre époux!... il tut la chose :
Le vanter trop est grand tort,
— Car c'est un *bouton de rose*
Qui l'a rendu... *bouton d'or !*
  Et le grigou tremblant
  Redisait tristement :
    Tra la la la la, etc.

AU PUBLIC.

De cette histoire légére
Heureux si les gais propos
Un instant ont su vous plaire
Et mériter vos bravos.

Ici, mesdames, quand j'ose
A ma voix donner essor,
N'allez pas, *boutons de rose*,
Me traiter en *bouton d'or !*
Applaudissez souvent
Et je dirai, content :
Tra la la la la, etc.

LE RENDEZ-VOUS.

TYROLIENNE.

L'aurore venait de paraître,
Quand Jean, de son portier, reçut
Un gentil petit mot de lettre,
Doux mot d'amour ainsi conçu :
« Viens ce soir, mon cœur... *Signé* LAURE. »
Et Jean de le décacheter,
De le lire et relire encore,
Se mettant gaîment à chanter :
    Tra la la la la..., etc.

Dans sa mansarde, la brunette
Attendait l'ami de son cœur,
Rangeant sa petite chambrette,
Pleine d'amour et de bonheur.
Jean tardait bien, — et la mutine,
Commençant à s'impatienter,
Prend son aiguille... — Et la voisine
Eût pu l'entendre alors chanter :

    Tra la la la la. ., etc.

C'est que Jean chez son père dîne.
— Le diable emporte le dîner ! —
Enfin il s'échappe... On devine
S'il monta gaîment l'escalier.
Il allait frapper à la porte. .
— Mais il repartit tout d'un trait,
En entendant une voix forte
Chanter à Laure qui riait :

    Tra la la la la..., etc.

LE SAVOIR-FAIRE

Des grands morceaux à roulades,

Où l'on pousse les hauts cris,

Les auditeurs sont malades

Et l'art même fait mépris.

Pour moi, si ma voix légère

Ose risquer un couplet,

Voilà tout mon *savoir-faire*,

Et c'est asssez, — s'il vous plaît.

Parlé.

Mon Dieu, oui, Mesdames, je ne sais rien autre chose.

Tra la la la la…, etc.

Léonore est belle et brune,

Portant chapeau de velours ;

Lise a son cœur pour fortune

Et des bas percés à jour.

Mais Lise à chacun sait plaire

Avec ses regards fripons,

Car nulle ne *sait* mieux *faire*,

Mieux faire sur tous les tons...

Parlé.

— Quoi donc?... — Chut!...

En confidence.

Tra la la la la..., etc.

Pierre, l'an dernier, prit femme,

Et redit, heureux mari :

« C'est un trésor que madame,

Et d'elle je suis chéri. »

— Si maint époux est colère,

Comment n'est-il pas déçu?...

— C'est qu'elle a bien *su* le *faire*...

Sans qu'il s'en soit aperçu.

Parlé.

— Pauvre chéri!... Hélas! elle ne l'a que trop fait...

Tra la la la la..., etc.

Enfin, en tous lieux sur terre,

Le *savoir-faire* est goûté;

Si l'on n'a le *savoir-faire*,

Partout on est rejeté.

Aussi, cherchant à vous plaire,

J'ai *su faire* ces couplets;

Mais je voudrais *savoir faire*

Qu'ils obtiennent le succès.

Parlé.

Oui, Mesdames, c'est aujourd'hui plus que jamais
que je voudrais vous voir toutes faire...

Tra la la la la..., etc.

En faisant le geste d'applaudir.

LA TYROLIENNE A MORT!

DUO.

(Un Anglais et un Allemand.)

L'ALLEMAND.

Li être un bédit' chant qu' ch'atore,
Janté bar dout tans lé Dyrol.

L'ANGLAIS.

Goddem ! Jé voyé rien * encore
Plou beau qu' cet chant dou roussignol.

L'ALLEMAND.

Meingott! ch'afre bas l'âme tentre,
Et bourtant il mé fait bleirer !

* Les mots marqués d'un * se prononcent comme s'ils s'é-
crivaient avec un H aspiré.

L'ANGLAIS.

Tojors, quand jé véné l'entendre,
Ma petit' kieur il soupirer !

ENSEMBLE.

Tra la la la la,
La i ta i ti..., etc.

Parlé.

L'ALLEMAND. — Meingott !

L'ANGLAIS. — Goddem !

ENSEMBLE (en se regardant). — Ouà !

L'ALLEMAND.

Monzou l'Anclais, ché lé atmire :
Li *Rantz des fach'* êtr' rien aubrès.

L'ANGLAIS.

Oh ! messié lé* All'mand, moa dire :
Lé (1) *God save the queen* être aprés !

(1) Prononcez : God sève ze couine.

L'ALLEMAND.

Meingott! ché safre un' b'dit' jansonne,
Mais li bas si pien, bas ditout.

L'ANGLAIS.

Goddem! le miousique bretonne

Parlé avec volubilité.

Saxonne, anglaise, française, polonaise, tourque ou
rousse...

Tojors... jémais!... né pas non plou!

ENSEMBLE.

Tra la la la la..., etc.

Parlé.

L'ALLEMAND. — Tarteiffle!

L'ANGLAIS. — Goddem!

ENSEMBLE (en se regardant). — Ouà!

L'ALLEMAND.

Ché boufai bas basser mon fie,

L'ANGLAIS.

Jé povai pas rester oun jor,

L'ALLEMAND.

Zans c'ti bédit' janson jérie ;

L'ANGLAIS.

Sans * entendre cet air plein' d'amor.

L'ALLEMAND.

Auzi tébouis la madinée,

L'ANGLAIS.

Quand le jor il était venou,

L'ALLEMAND.

Ché tisai toute la chournée :

L'ANGLAIS.

Jé répété cet chant connou :

ENSEMBLE.

Tra la la la la..., etc.

Parlé.

L'ALLEMAND. — Meingott !

L'ANGLAIS. — Goddem !

ENSEMBLE (en se regardant). — Ouâ !

Ils se tournent brusquement le dos et s'éloignent chacun d'un côte
en disant :

L'ALLEMAND (avec attendrissement).

Touchours !

L'ANGLAIS (avec sentiment).

Néplou !

L'ALLEMAND (pleurant).

Bas ditout !... bas ditout !...

L'ANGLAIS (tristement).

Jémais !... jémais !...

Au moment de sortir ils se retournent brusquement l'un vers
l'autre.

ENSEMBLE.

Ouâ !

Ils sortent vivement, chacun de son côté, en reprenant le refrain,
qu'ils continuent dans la coulisse.

Tra la la la la ..., etc